AF363835

UN TABLEAU

PAR

Sir Thomas Lawrence

PORTRAIT DE BENJAMIN WEST

Appartenant à Monsieur C..., de Londres

NOTICE

SUR UN

TABLEAU

PAR

Sir Thomas Lawrence

PORTRAIT DE BENJAMIN WEST

Appartenant à Monsieur C..., de Londres

ET DONT LA VENTE AURA LIEU A PARIS

HOTEL DROUOT, SALLE N° 10

LE SAMEDI 21 JUIN 1913

à quatre heures

COMMISSAIRE-PRISEUR	EXPERT
Mᵉ Léon de CAGNY	**M. Jules FÉRAL**
8, rue Drouot	7, rue Saint-Georges

PARIS

EXPOSITIONS

PARTICULIÈRE : **Le Vendredi 20 Juin 1913, de 2 heures à 6 heures.**

PUBLIQUE : **Le Samedi 21 Juin 1913 (Jour de la Vente), de 2 h. à 4 heures.**

CONDITIONS DE LA VENTE

Elle sera faite au comptant.

L'acquéreur paiera *dix pour cent* en sus des enchères.

Paris. — Imp. de l'Art, Ch. Berger, 41, rue de la Victoire.

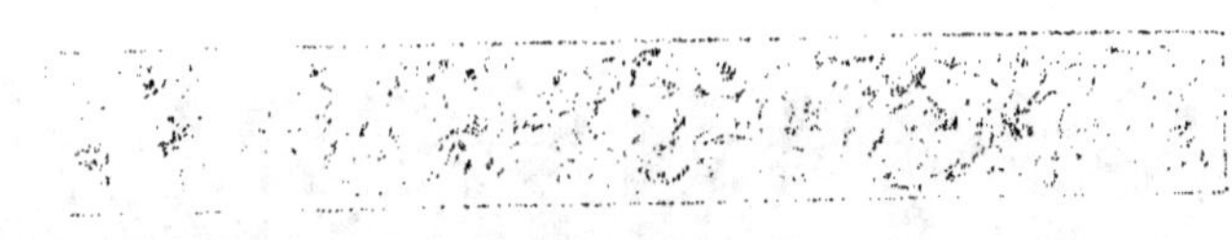

LAWRENCE

LAWRENCE

(Sir THOMAS, P. R. A.)

Bristol, 1769-1830.

Portrait de Benjamin West.

Il est représenté de grandeur naturelle, vu jusqu'au-dessous des genoux, presque de face, légèrement tourné vers la droite et assis sur un canapé.

Regardant le spectateur, les cheveux blancs découvrant le front et bouclés sur les oreilles, la main gauche tenant ses lunettes et appuyée sur une table couverte d'un tapis rouge, l'autre main posée sur un coussin, il est enveloppé dans un vêtement de couleur brune, au large col relevé autour du cou, une cravate de mousseline nouée sous le menton.

Dans le fond et à droite, au delà d'une colonne, on aperçoit un tableau encadré, représentant une œuvre du personnage; à gauche, un rideau rouge est relevé sur le fond. Au premier plan, des livres reliés sont posés l'un contre l'autre.

Panneau d'acajou.

Haut., 1 m. 51 cent.; larg., 1 m. 20 cent.

Collection Castle Smith.

Benjamin West naquit à Chester, Pensylvanie, en 1738. A huit ans, il reçut des leçons de couleurs d'une tribu d'Indiens de Cherokee. A la mort de sa mère, à dix-huit ans, il alla à Philadelphie et, de là, à New-York, peignant des portraits. Il vint à Rome, en 1760, pour étudier et se perfectionner dans son art. Un artiste américain, à cette époque, y fit sensation. En 1763, il arriva à Londres sans intention d'y demeurer, mais la réception qui lui fut faite décida de son avenir. Pendant soixante ans, il resta un peintre éminent.

West fut élu membre et directeur de « The Incorporated Society of Artists » en 1765. Trois ans plus tard, on le retrouve un des quatre commissaires choisis pour établir les règlements de la « Royal Academy » qu'il fonda et, en 1772, peintre d'Histoire de Sa Majesté. A la mort de Sir Josuah Reynolds, il devint président et prit sa place en 1792. Ses sentiments de quaker lui firent décliner le titre de Baronnet.

Il mourut en 1820, et fut enterré dans la cathédrale de Saint-Paul, à Londres.

Sir Thomas Lawrence peignit ce portrait en témoignage de son amitié pour le vieux président de la « Royal Academy ».

Il resta accroché dans la galerie de West, 14 Newman Street, Oxford Street à Londres, jusqu'à la mort du président ; il échut ensuite par des legs successifs : à Benjamin West son fils, à Benjamin West son petit-fils, à la veuve de ce dernier, puis à la belle-fille de cette dame et enfin, après extinction de la famille West, à leur sollicitor : M. Castle Smith qui le conserva jusqu'au mois de février 1911.

Cité dans : British Portrait Painting to the opening of the nineteenth century, *par* M. F. H. Spielmann *F. S. A. ; l'auteur déclare, dans ce livre, que le portrait de West est, parmi les œuvres de Lawrence, celle qui lui semble atteindre le plus haut degré de perfection.*

Sir Thomas Lawrence a peint un autre portrait de Benjamin West qui figure à la National Gallery, mais de composition et de dimensions tout à fait différentes.